孟之媛詩集

劉學恩 題

简 介

孟之媛，北京市写作学会副秘书长、理事会成员、中国散文学会会员、中国文化遗产保护研究院民族文化书画院会员、2016年（第五届）"浩然杯"全国中小学生写作大赛组委会成员、北京市写作学会成立30周年筹备委员会成员、散文集《角落里的琉璃》副主编、《春华秋实》编委会成员、麟凤阁艺术网创办人。

2015年正式在网络及各期刊杂志公开发表诗歌和散文，作品被多次转载。散文《5月12号》获得教研成果一等奖，并发表在由湖北省委宣传部、湖北省文联主管的《速读》杂志2015年11月刊。论文《阅读滋润心灵》在2015年（第三届）北京写作论坛"新高考背景下语文阅读与写作教学"专题研讨会展评活动中荣获贡献奖。诗词《咏古北水镇》荣获庆祝北京市写作学会成立30周年文学作品二等奖。摄影《密云情》荣获庆祝北京市写作学会成立30周年摄影作品一等奖。散文《一条鱼腥了一锅汤》被四十余家省市级网站转载及发表。2016年首次推出《孟之媛诗集》，诗集的创作来源于生活，用七言诗写日记不仅是一种创意和乐趣，更是对传统文化最好的传承，让我们一起重现七言文化，逆袭崇洋媚外！

主要发表作品：
一、平面媒体
《眼泪在飞》发表于广东省省级刊物《人间》杂志
2015-2月刊
《富贵吉祥》发表于河南省级报刊《河南经济报》
2015-5-1期刊

《梦想很丰满》发表于吉林文史出版社出版发行的散文集《等月的人》

《异国恩师》发表于陕西省委主管主办的《当代青年》杂志2015-4月刊

《记忆中的苹果皮》发表于吉林文史出版社出版发行的散文集《春华秋实》

《鸳鸯鞋》发表于文化部主管的央级刊物《赤子》杂志2015-10月刊

《蒋小弟》发表于辽宁省作家协会主办的省级文学期刊《鸭绿江》2015-10月刊

《5月12号》发表于湖北省委宣传部、湖北省文联主办的《速读》2015-11月刊

《牛角尖里很舒服》发表于由科技部西南信息中心主管的国家级杂志《教育》2015-10月刊

二、网络媒体

《母亲》发表于光明网

《长江吟》发表于半月谈

《四月天》发表于央视网

《遥远的爱》发表于中华网

《华丽皮囊》发表于光明网

《重阳节》七言诗发表于凤凰网

《迎春》发表于新浪网湖南频道

《一条鱼腥了一锅汤》发表于上海都市网

《乡忆》《秋》《一字缘》发表于中国作家网

《富养女儿,除非你的女儿是芈月》发表于光明网

序 言

　　我不是诗人，从未想过要出版诗集，这也是我唯一一次出版个人诗集，以后更多的时间精力会用来创作散文及小说。这本诗集之后，我会重点推出一部职场小说和一部有着民国背景的人物传记。

　　《孟之媛诗集》由著名书画家成忠臣赠予的鲁迅肖像，加以青花瓷特效作为封面，由著名书画家刘学思题字而成。诗集将传统文化呈现的淋漓尽致，不但在设计风格上体现了中国传统文化的源远流长，更汇集了百幅字画作为配图，在感官上也给人以传统简约、清新淡雅的艺术气息。

　　诗集是把我的日常随笔以及个人生活感悟用七言诗记录下来，大致用了10个月的时间完成写作和配图。虽不专业，却验证了我对生活的一腔热血，也记录着我在从容淡定之中，对传统文化的追崇与热爱！

　　浮躁的人心，拜金的社会，人们崇尚的是金钱和名利，追求的是欲望或攀比，谈论的是美貌与奢靡。因此，在现代社会，诗词是被忽略的，被丢弃和被遗忘的。就像被打入冷宫的昔日宠妃，已经很难复宠！而亲手将诗词打入冷宫的，恰恰是现代社会人们的崇洋媚外！泱泱大国，我们博大精深的诗词文化应该得到更好的传承和发扬，而不是被时尚与商业吞噬得几乎荡然无存！

　　褪去浮华，每个人的心灵深处，都何尝不是沧桑与孤独，疲惫而无助，每一个千疮百孔的灵魂，何尝不是漂泊在夜灯阑珊下，苦苦寻找精神的依托？我们需要一本书，来滋润心灵，我们需要一种文化为灵魂救赎，我们更需要一个信念，一起实现中国梦……

随波逐流的今天，忙忙碌碌的人们，已经很少去在意和传承华夏最古老的诗词文化。尽管如此，我仍然在现代社会里，努力寻找传统文化依稀的影子，用心收集传统文化的点点滴滴，用七言诗来记录我所理解的日出日落……

　　希望每一位读者都能够通过阅读诗集，更加热爱传统文化，重拾传统文化的精髓与美妙。让我们一起用阅读滋润心灵，用阅读开启智慧，并通过阅读使我们放下焦虑、沉淀心境、远离浮躁、淡然豁达……

孟之媛

与国务院稽查特派员刘吉部长

与中国文联副主席冯远

与全国人大常委会华侨委员会副司长朱守道

与文化部遗产保护中心、中国民族文化书画院院长王钏

与国防部外事局参谋孙启祥将军

与全国政协委员、浙江省政协常委何水法

与文化部恭王府管理中心主任孙旭光

与中国学盟秘书长李强

与中国国家画院院长、著名艺术家杨晓阳

与革命家谢觉哉夫人及著名社会活动家王定国前辈

与中国书法研究院副院长、著名书画家刘学思

与中国国家画院著名艺术家纪连彬

与中国书画名人联合会副会长姚少华

与贵州省民族事务委员会副主任吴建民

与全国政协委员、中国国际书画艺术研究会会长龙瑞

与中共中央保密办原主任、国家保密局原局长戴生龙

与中央电视台第五套《体育今日谈》节目主持人吴为

与中国专家学者书画创作研究院副院长荆兆林

与北京市收藏家协会秘书长刘长来

与北京市通州文化委员会领导、著名书法家孙敦秀

与总参少将、著名艺术家、毛泽东特型演员杜天清

与中国国家画院美术馆执行馆长陈风新

与苏东坡第三十二代传世孙、海南苏东坡艺术研究中心理事长苏德忠

与安徽省文学艺术界联合会委员、安徽省美术家协会主席张松

麟凤阁艺术网向北京瓷娃娃关怀协会捐赠字画,作品拍卖现场

麟凤阁艺术网向中国长城绿化促进会赠送字画,会长贾彧彰与夫人

捐赠作品参与百名将军部长艺术家纪念习仲勋同志诞辰一百周年书画展

参加第二届瓷娃娃全国病人大会,与脆骨病患者瓷娃娃合影

文化部中国诗酒文化协会诗书画院理事周本林题字"麟凤阁"

北京通州区书法协会李章升题字"麟凤阁"

中国书法家协会会员孙长喜现场题字

与中国美术家协会河南分会会员、著名艺术家刘寅

应邀参加 2012 中国品牌女性高峰论坛

应邀到北京钓鱼台国宾馆参加 2013 年互联网产业年会

应邀到人民大会堂参加第六届中国品牌节

应邀到政协礼堂参加纪念辛亥革命一百周年百位名家书画展

庆祝中国国家画院 30 周年"东方既白"美术作品展现场

日常工作中

春风拂面

沐浴阳光

目　录

花草篇

咏梅　/2
咏兰　/4
咏竹　/6
咏菊　/8
莲　/10
白莲　/12
咏莲　/14
咏荷　/16
牡丹　/18
富贵吉祥　/20
花语　/22
柳　/24

人物篇

西施　/26
西施吟　/28
西子叹　/30
王昭君　/32
貂蝉　/34
杨贵妃　/36
贵妃醉酒　/38
红楼梦　/40
相思泪　/42
红灯笼　/44
西窗　/46
千金笑　/48

琵琶 /50
豆蔻 /52
杏园小记 /54
望长安 /56
后宫美人泪 /58

四季篇

人间三月 /60
春眠 /62
赏春 /64
春耕 /66
迎春 /68
无绝期 /70
四月天 /72
春花闹 /74
夏夜 /76
仲夏 /78
夜未央 /80
倦 /82
把雨欢 /84
送夏 /86
逍遥颂 /88
夜 /90
立秋 /92
流年 /94

更替 /96
景山游 /98
白露 /100
大寒 /102
大雪 /104
冬 /106
残冬 /108

情感篇

夜之痛 /110
相思门 /112
心语 /114
别离 /116
红尘愿 /118
日月辞 /120
合卺酒 /122
一梦惊鸿 /124
干红人生 /126
金兰 /128
盼香归 /130
美人醉 /132
闲居 /134
忆红颜 /136
三生缘 /138
乡忆 /140

闲看斜阳 /142
千杯浓 /144
蜕变 /146
小醉一首 /148
醉美 /150
谁是谁的谁 /152

节日篇

清明节 /154
清明听雨 /156
清明 /158
端午七言 /160
端午节 /162
端午 /164
中秋节 /166
重阳节 /168

其他篇

两相浓 /170
佛塔 /172
中国龙 /174
还乡 /176
惜粮 /178
黄金国 /180
长江吟 /182
读书 /184
幻 /186
如幻 /188
渔家 /190
一字缘 /192
跃龙门 /194
君子之交 /196
朝日 /198
度脱 /200

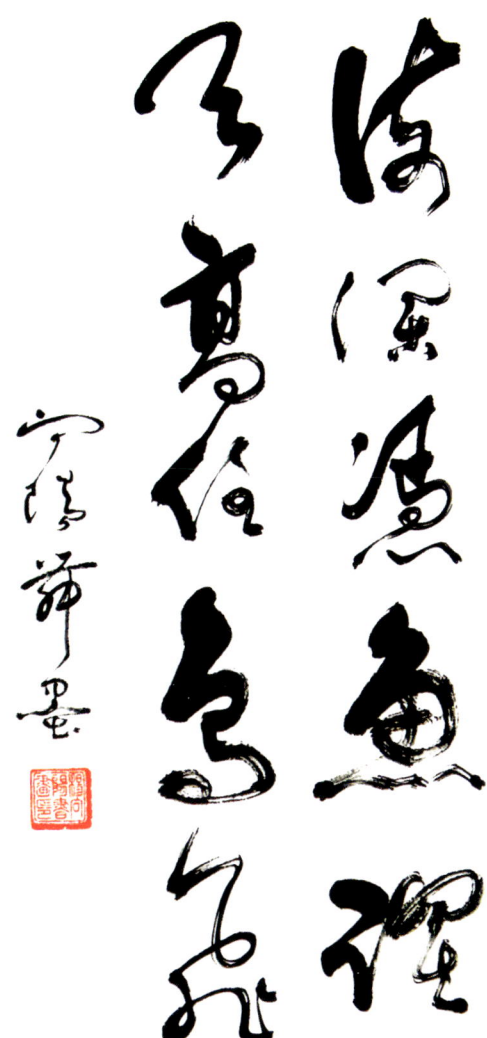

咏 梅

初赏红梅才花蕾,
霜娥仙子便作陪。
莫怪白雪无颜色,
巧借馨香倚红梅。

说明：霜娥是神话中主管霜雪的女神，亦称青女。红梅傲雪，高尚坚强，不畏严寒，怒放于风雪之中，就连主管霜雪的女神也情不自禁被吸引来与红梅做伴，想倚靠馨香的红梅衬托出自己的雪白。

配图：得明居士（中国国际书画艺术研究会会员）

咏 兰

仙姿修长似若香,
不屑凡尘红粉堂。
幽兰君子好静处,
不问春秋花自芳。

说明:兰花象征高洁淡雅,修长的兰花叶幽静质朴又充满仙气,散发着似有似无的馨香。我心中的兰花宛如一位远离红粉世俗的仙子,在浮华之中不问四季,淡然自若地独守着属于自己的一片宁静与芬芳……

配图:黄山老湾(安徽省黄山市美协理事,黄山书协会员,安徽医科大学兼职教授、硕士生导师)

咏 竹

一世清雅气节高，
恬淡悠然乐逍遥。
玉叶更胜花娇艳，
琼枝何须竞妖娆。

说明：竹子素有淡泊、清高、正直的品格。它不开花、不争艳，但它的琼枝玉叶比起百花的娇艳芬芳，更加让世人赞叹和敬慕。它气节高贵、潇洒自然，根本无意去和百花争艳。因此，我用"琼枝何须竞妖娆"来表达竹子的神姿仙态。
配图：庄家汉（原安徽省黄山文联副主席、黄山市美协主席）

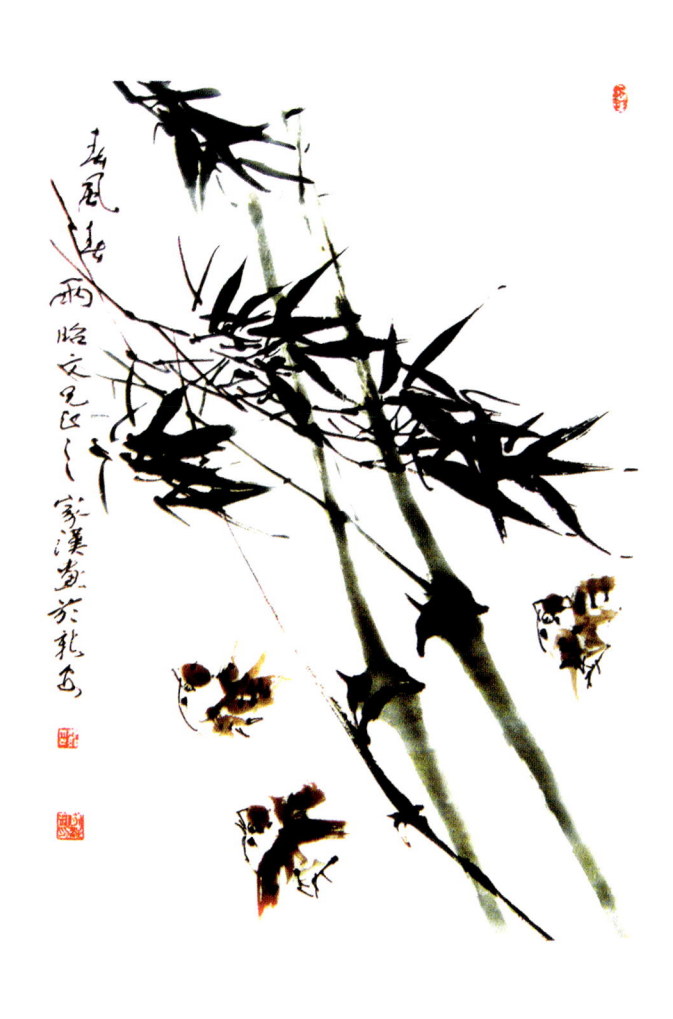

咏 菊

百花香尽晓寒轻，
若似暖阳却西风。
秋菊不嫌天意冷，
独艳凝霜花更浓。

说明：百花知道寒冷即将到来，所以争先恐后地都抢在冬天来临之前开尽。季节交替，在深秋的冷风中，看似温暖的阳光只是一种假象。这首诗，主要表达菊花不畏秋凉，性格高洁而坚强，不但在百花凋尽时勇敢地绽放，反而在秋霜之中越开越浓！

配图：黄山老湾（安徽省黄山市美协理事，黄山书协会员，安徽医科大学兼职教授、硕士生导师）

莲

性好清水去尘污,
久慕碧莲脱泥俗。
仙葩吟摇沉鱼美,
冷香幽艳逆境中。

说明: 二十多岁的时候我写下了这首诗。蓝天白云下,我独坐在公园的凉亭里,惬意地欣赏着一朵朵静默脱俗的莲花。池塘中,偶尔能看到游动的鱼儿。我的心情非常好,顿时脑海里就冒出这几句,后期没有任何改动,一气呵成!
配图: 得明居士(中国国际书画艺术研究会会员)

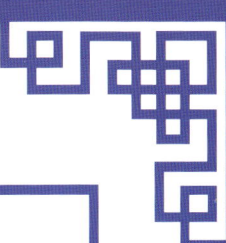

白 莲

白莲雕剔晶莹雪,
翩翩焕绽旖旎霞。
碧叶矜持蹁跹韵,
神仪庄美胜仙葩。

说明：莲花象征超脱世俗、至清至纯和四大皆空。正是因为莲花神圣，有着出淤泥而不染的圣洁性，所以佛教把莲花视为圣洁之花，以莲喻佛。
配图：得明居士（中国国际书画艺术研究会会员）

咏 莲

世间何物不沾尘,
唯有幽莲倾我心。
光洁净妙出清浅,
馨香四溢伴乾坤。

说明:这首诗与《白莲》相呼应,《白莲》强调莲花的圣洁和佛性。而《咏莲》强调的是莲花更让世人倾心和喜爱。我从不同的角度,描写了莲花以馨香四溢和无怨无悔的姿态,低调地陪伴着一切。
配图:得明居士(中国国际书画艺术研究会会员)

咏 荷

此生结缘遇仙葩，
碧叶清幽亦挺拔。
受之天地恩雨露，
逍遥带粉亦无瑕。

说明： 这首随笔表达了我的性情和人生观。"碧叶清幽"暗喻的是性格，"亦挺拔"正如同做人要有傲骨，"受之天地恩雨露"是我对人生所有际遇都欣然接受的感恩态度。人生在世仅此一世，每个人的悲欢离合与功名利禄，都何尝不是上天所赐呢？"逍遥"则是体现一种洒脱感。
配图： 得明居士（中国国际书画艺术研究会会员）

牡 丹

落笔生花颂牡丹,
华贵倾国傲凡间。
众香悄然知羞涩,
百媚千娇退两边。

说明:2012年我一时兴起写下这首诗,主要描写的是牡丹在百花之中的地位。我特地用"众香悄然知羞涩"来形容百花的自愧不如,不敢与牡丹相媲美,甚至连争艳的勇气都没有就统统羞愧地退下了!牡丹雍容华贵、国色天香,自然拥有国花的霸气和王者风范。

配图:孟之媛 (我早期学习国画时的习作)

富贵吉祥

牡丹仙子凤朝阳，

万紫千红成暗香。

春风得意尊为贵，

绝色自古花中王。

说明：诗的灵感来源于一幅国画，国画上画着美丽的凤凰和盛开的各色牡丹。于是，我把牡丹比作仙子即兴而写。牡丹被人们定义为美好生活的代表，也象征着富贵吉祥、繁荣昌盛。因此，我把这首诗命名为《富贵吉祥》。

配图：孟之嫒 （我早期学习国画时的习作）

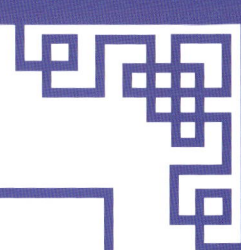

花 语

芳芯储蜜花私语,
唯与蜂儿浴爱意。
千里送香誓无悔,
凋落秋霜情不移。

说明: 春天,花儿芳香千里吸引蜜蜂,把最宝贵的花蜜献给了蜜蜂。然而,蜜蜂采蜜后无情地离开。秋天,花儿凋零,蜜蜂却不见了!正如爱情中痴情女遇到负心汉,女子对爱情是执着的,执着到把一颗真心献给心上人并甘愿守护一生。哪怕到最后枯萎在生命的尽头,像花儿一样凋落在秋霜里,真情也至死不渝!

配图: 孟之嫒 (我早期学习国画时的习作)

柳

细数弯柳几枝条,
尤借春风更窈窕。
柔韧岂是无骨气,
深谙刚直恐折腰。

说明：2015年春光明媚的一天，我坐在大巴车上，欣赏着马路两边悠荡在春风中的柳条。细弱的柳条吐着新绿，宛若无骨般迂回在春风里，柔韧的程度令人惊叹。柳树的柔韧并非没有骨气！我也突然感悟到，竟然连柳树都深谙存世之道！它唯恐过于刚直而遭遇不测，才懂得这般周旋和迂回。
配图：得明居士（中国国际书画艺术研究会会员）

西 施

若耶溪边浣纱尘，
倾国玉面惹效颦。
一朝仙姿醉君王，
鹤影冰心千古魂。

说明： 鹤被称为"一品鸟"，地位仅次于凤凰。在古代，仙鹤也用于大臣衣服的图案。西施是女人中的绝品，虽然功劳不亚于朝中重臣，但毕竟不能比作凤凰，所以我用仙鹤暗喻西施。她倾国的美貌和一片冰心，宛如一道鹤影在历史的长河里转瞬即逝，终化作被历史铭记的千古魂！

配图： 得明居士（中国国际书画艺术研究会会员）

西施吟

翩若惊鸿舞伴君,
尤叹焉知女儿心。
仙子无踪天涯尽,
无关后世论古今。

说明：西施虽贵为古代四大美女之一，但她毕竟是一名弱女子。她与范蠡的爱情无果而终，最后献身国家。同为女子，我相信西施一定会在他乡暗自涕零，饱受相思之苦并感伤命运的无奈。后人只注重评论西施的美貌和功劳，又有谁能体会西施身在异国的孤苦呢？
配图：李保峰（海协会两岸书画家交流会理事）

西子叹

落雨怜花娇无力,
绛纱帐里尤叹息。
红烛多情终有泪,
忘情相笑剪烛芯。

说明:花儿被雨滴打湿后,宛如杨贵妃出浴般娇弱到让人怜惜。异国他乡,西施尊享在红色帐纱里陪伴君王。她尤为叹息命运正如同被雨滴敲打的花儿那样无力。她用诏笑独对君王,像剪断对范蠡的思念一样,笑着剪断了哭泣的红烛芯。

配图:杨向阳(国务院突出贡献专家,毛泽东诗词碑林首席顾问,炎帝陵总顾问,湖南科技大学艺术学院创始人,中国书协创始人之一,著名书画家、哲学家、教育家、军事家)

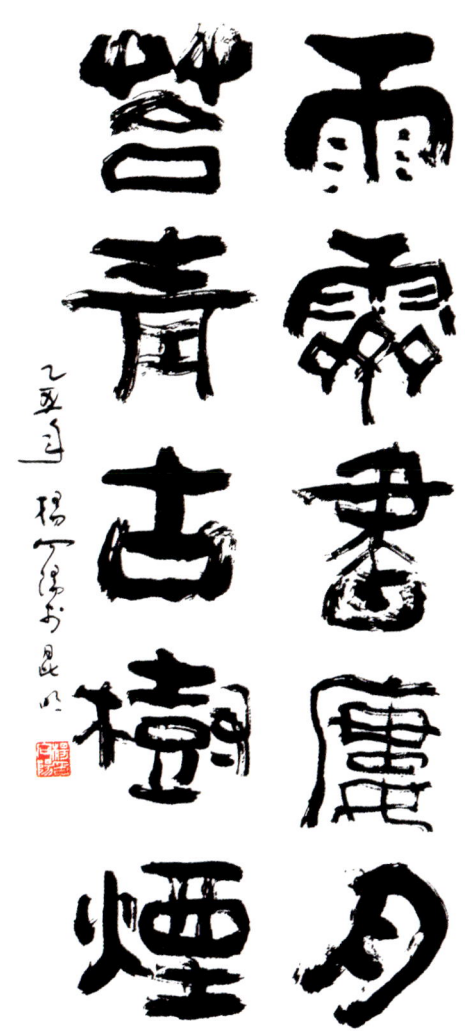

王昭君

飞天落雁为红颜,
绝处逢生平史乱。
顾影自怜断幽肠,
名留青史赴黄泉。

说明: 我用四句话描写了王昭君惊艳与悲凉的一生。四大美人传奇的一生和悲惨结局,总是能让人产生莫名的感慨和惋惜。人生的起起落落千回百转,何尝不是许多无奈叠加后的终结?纵使红颜多薄命,也不枉一生名留青史,还有后人永远的缅怀和精心演绎……

配图: 富中奇(中国美术家协会会员、国家一级美术师、中国国家画院刘大为工作室导师)

貂 蝉

游云羞月露半边,
岂止惊鸿妒青天。
瑰姿艳舞连环计,
楚腰寂影落华年。

说明:楚腰,杨柳细腰。貂蝉的美貌,就连月亮见了都羞愧地躲在云层里。如此美人,又岂止是上天都妒忌?貂蝉也正是凭借着美色和妙曼的舞姿才使出了连环计,在完成使命之后,这个像玫瑰花一样的纤纤女子便凄凉地凋谢在最美的青春年华里!

配图:得明居士(中国国际书画艺术研究会会员)

杨贵妃

桃花飞雪夜光杯,
贵妃妖娆醉皇威。
绝色飘萧穷尽处,
丰肌一抔化香灰。

说明: 这首诗借用牡丹的顶级品种之一"桃花飞雪"形容杨贵妃的绝色妩媚和丰满妖娆。诗中一语双关,用桃花遇到三月的飞雪,暗喻杨贵妃的命运多舛和美丽凄凉。纵然杨贵妃用美色一时醉了皇威,最终也还是飘萧凋落到穷尽处,化作一抔灰烬!

配图: 得明居士(中国国际书画艺术研究会会员)

贵妃醉酒

红楼春梦百花亭,
几杯醉意撩春情。
不堪痴心对孤影,
怒借金樽浪笑声。

说明:"红楼春梦"是顶级牡丹品种之一,在此一语双关,我借用词义来形容——杨贵妃与唐玄宗相约百花亭赏花饮酒,只是她的一场红楼春梦!杨贵妃先行赴约百花亭久等唐玄宗不来后,得知唐玄宗已幸江妃宫,她懊恼不已,因不堪忍受自己的一片痴情唯有孤影相伴,从而在妒恨中借酒放浪。

配图:宋生民(北京书法家协会会员、中国书画社艺术评审委

红楼梦

无奈秋风收艳骨,
几多欢愉妆正浓。
千般奢华皆为梦,
无缘玉女配金童。

说明：《红楼梦》由千般奢华到惨淡散场，最令人唏嘘的莫过于林黛玉与贾宝玉的美好爱情化为泡影。有些人，注定无缘；有些事，注定无奈；有些情，注定悲凉。世事最无常，再风光，也终将化为白骨；再得意，也总是难逃衰亡；再奢华，也终究是美梦一场！

配图：得明居士（中国国际书画艺术研究会会员）

相思泪

满腹柔肠断,
葬情祭月痕。
尘女恨痴夜,
泪洗一世魂。

说明: 这首诗主要表达《红楼梦》里林黛玉优柔寡断、抑郁寡欢的性情。同时,也着重刻画了林黛玉在她悲惨而短暂的一生中,对爱的极度渴望,以及作为古代弱女子对于心上人的那种痴怨与纠结。

配图: 得明居士(中国国际书画艺术研究会会员)

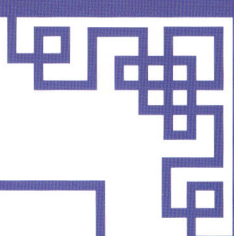

红灯笼

灯笼红悬丽人堂，
双影缠绵染风香。
无心观柳月如玉，
檐下欢喜正鸳鸯。

说明：这是看《大红灯笼高高挂》有感而发写的诗。红灯笼就像一种可怕的信号，预示着女人们的得宠与失宠。一盏悠悠的红灯笼摇摇晃晃地悬挂在屋檐下，正如同女人的命运也在男人的心中摇摇晃晃！一旦得宠，便涂脂抹粉风儿染香，缠绵在屋檐下，痴迷在爱欲中，恰似一对不顾一切正在尽欢的鸳鸯……

配图：得明居士（中国国际书画艺术研究会会员）

西窗

小窗烛影晃西楼,
轻轻酥手绣丝绸。
风将温柔许细柳,
鲛绡寄语君子留。

说明: 古往今来,相思是最美好的思念。深夜里,红烛旁,小窗下的古代痴情女子,时常点灯熬油,把自己的相思之情一针一线轻轻地绣在帕子上,之后再将精心绣制的帕子赠予心上人,以此来表达一片情真意切和爱慕之情。

配图: 刘寅(中国美术家协会河南分会会员、河南省人大书画院理事、河南省书画专业委员会常务理事)

千金笑

遥望西山月近楼,

碧波潋滟春水流。

千金一笑桃花醉,

信步红翠云如绸。

说明:这是根据一幅摄影图片写的诗。图片上一位俊俏的女子身着古装,信步在春天红翠相间的桃花园中。她纤细的玉手压着一枝桃花,半倾斜的容颜微笑着凝望不远处红楼边上挂着的一轮白月。

配图:得明居士(中国国际书画艺术研究会会员)

琵 琶

琵琶一曲寂梧桐，
酥手乱琴对只影。
明月不解心头绪，
痴怨晚风亦无情。

说明： 因饱受相思之苦，在夜晚，古代女子常以弹琴来宣泄情感不能如愿。这首诗描写了女子对于感情的渴望，已经孤苦寂寞到不能入眠。只身孤影的时候，也唯有借助琴声表达心中的惆怅，却又痴怨明月和晚风亦不能解其风情。
配图： 庄家汉（原安徽省黄山文联副主席、黄山市美协主席）

豆蔻

白兔宫墙抚细柳，
粉面含春眸如莲。
丹唇欲语忽又止，
青丝一缕俏眉间。

说明：豆蔻年华是最美好的年华，诗中用白兔形容月亮高挂在宫墙边的细柳上，借以描写在豆蔻年华的少女眼中，一切事物都是那么俏皮和美好。"粉面"一词形容少女娇嫩的容颜，莲花代表少女的纯洁无瑕。"丹唇欲语"表达少女的懵懂与含羞，纯情天真想说却又羞于说出口的样子。

配图：孟之媛（我早期学习国画时的习作）

杏园小记

满园枝翘杏花飞,

风追落花蝶相随。

朱颜贪恋春光好,

花落香肩更不归。

说明: 春风中,淡淡的花瓣随风飘萧,浪漫而唯美。在这芬芳之中,一位美丽的女子陶醉在杏花盛开的美丽季节里,因贪恋明媚的春光,尽享杏花落在香肩上的美好感觉而久久不愿离去。这首诗通过描写杏花园中不愿离开的女子,来表达人们对春天的向往和眷恋。

配图: 得明居士(中国国际书画艺术研究会会员)

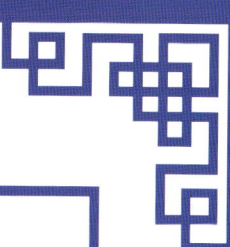

望长安

千山万水灯万家，
时逢长安枝满花。
天涯依旧天尽处，
何不触手得芳华。

城中一片春光在，
更有香风送客来。
长袖善舞迎宾酒，
两手一拱谢兄台。

说明：这首诗描述了春暖花开之际，有人从千里之外来到长安城访友，恰逢长安城里一片春意盎然、欣欣向荣的景象。于是，他顿感既然眼前的一切是如此可贵，为何不珍惜眼前触手可及的美好呢？又何必去想那么遥远的事情！主人特地用酒宴配以歌舞热情款待，久别重逢后，彼此相谈甚欢！
配图：得明居十（中国国际书画艺术研究会会员）

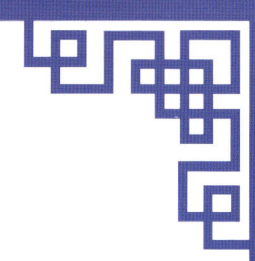

后宫美人泪

折断花枝落花残，
泪尽无痕岁岁寒。
娇颜一世空悲切，
凋谢深宫至衰年。

抚琴苦唱夜不归，
醉醒笙歌更憔悴。
万千争宠已成罪，
君王几度戏香妃。

说明：很多后宫的女子就像被折断了花枝后的落花，即便是终日落泪也见不到皇上。自入宫起，她们便注定了抑郁寡欢、悲惨而短暂的一生。后宫就像一个葬送女子的刑场，嫔妃之间你死我活的争宠，没有狠只有更狠，但最终都逃不过在争宠中成为一具白骨的万般悲凉！

配图：得明居士（中国国际书画艺术研究会会员）

人间三月

三月初春似芳华，
红笑枝头朝如霞。
秋来枯叶同落尽，
奈何西风凋谢花。

说明：纳兰性德有一首诗："人生恰如三月花，倾我一生一世念。来如飞花散似烟，醉里不知年华限。"拜读之后，我非常喜欢这首诗，便随性地写出《人间三月》。前三句写得非常顺畅，第四句则是经过了反复的修改，并由最初的"怎奈西风凋谢花"，改成"奈何西风凋谢花"。
配图：得明居士（中国国际书画艺术研究会会员）

春眠

金风玉柳花无趣，
日上三竿闻鸡啼。
廊下呓语惊春燕，
啼笑一声散红鱼。

说明： 春天里生机勃勃，百花绽放，即使能够享受到这样明媚的春光，人们也总是容易懒散犯困。这首诗用夸张的手法描写了在公园的红色长廊下，一个打瞌睡、说梦话的人吓飞了燕子。旁边的人看到这样的场面更是啼笑皆非，但他们突然发出的欢笑声也惊散了池塘里的红鱼。

配图： 刘国仲（国家一级美术师、中国书法家协会会员、中华诗词学会会员、黑龙江省美协理事）

辛巳夏师归国主人圆仰写於北月江书画院时陈莲塞先生在座

赏 春

痴情欲无穷,
空欢有长梦。
枝头闹春香,
丝雨醉花浓。

日落月升起,
星移亮满空。
人老岁无情,
相思天可懂?

说明:这首诗借用描写春天感慨了爱情与人生。痴情的人总会有很多欲望,想得到心爱的人,希望心爱的人爱自己,独自在痴情中产生各种欲望和妄想。纵然此情成为一场空欢,也依旧心存幻想,在假想中继续痴情。春暖花开、蜂舞蝶飞的时候,痴情的人更容易陷入相思的谷底无法自拔!

配图:孟之媛(我早期学习国画时的习作)

春 耕

雨润如珠浣青绿,
白雪消魂难为泥。
草色生春又含翠,
田间黄牛老木犁。

说明: 春耕不仅是一种劳动,更是一道风景。大自然毫不吝惜地赋予人类最美好的四季。青山绿水之间,劳动人民沐浴在春天的喜悦里播种着、忙碌着、辛苦着、收获着,轮回在四季中尽享春华秋实……

配图: 得明居士(中国国际书画艺术研究会会员)

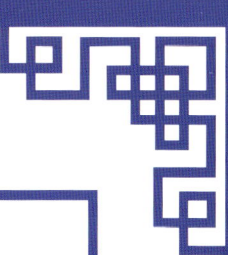

迎 春

和风拂玉面,

飞燕千里春。

一年又伊始,

惊雷醒乾坤。

说明:"玉"是我的昵称,因此"玉面"暗指我。2015年春天,我在花园里散步,一阵阵和煦的微风轻抚我的脸庞,几只燕子在蓝天白云下尽情飞舞。我突发灵感,掏出手机一气呵成写下这四句话……
配图:得明居士(中国国际书画艺术研究会会员)

无绝期

花细语,春又归,一夜萧风起。

雨不停,叶更碧,千山吻春泥。

枝含笑,披翠衣,茫茫杨柳絮。

春醒来,冬寐去,轮回无绝期。

说明: 在一个阴郁的雨天,我带着一丝惆怅写下这首诗。雨水浇灌着万物,山川苏醒后,咕咚咕咚贪婪地醉饮着春天的雨水。四季可以周而复始地轮回到没有期限,而一个人的年华如果逝去,永远都不会再回来。不知不觉中我突然有些伤感,正所谓天若有情天亦老……

配图: 得明居士(中国国际书画艺术研究会会员)

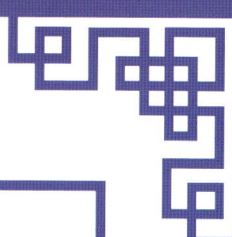

四月天

春涧飞啼鸟,

潺潺水东流。

风来花香谢,

云去万里山。

说明：我很喜欢五言诗的短小精练，所以闲暇之余把写五言诗当作乐趣。四季里，我写的最多的是春天，通过这些文字，几乎包含了我对春天所有想表达的感情！

配图：得明居士（中国国际书画艺术研究会会员）

春花闹

红粉枝头香丝雨,
醉饮琼浆酣春意。
笑看落花舞清影,
桃之夭夭叶始绿。

说明:桃花开尽的时候被雨淋落,一朵朵即将衰败的红粉依旧执着着最初的芬芳,就连花瓣上的雨珠都会被花儿染香。那些摇曳在雨中的桃花在痛饮春雨、尽享春意后,像醉酒一样飘萧零落。仔细看去,已然在花谢的地方长出了绿叶。原来,落花并不是结束,凋谢也只是转折,更是一种蜕变!
配图:得明居士(中国国际书画艺术研究会会员)

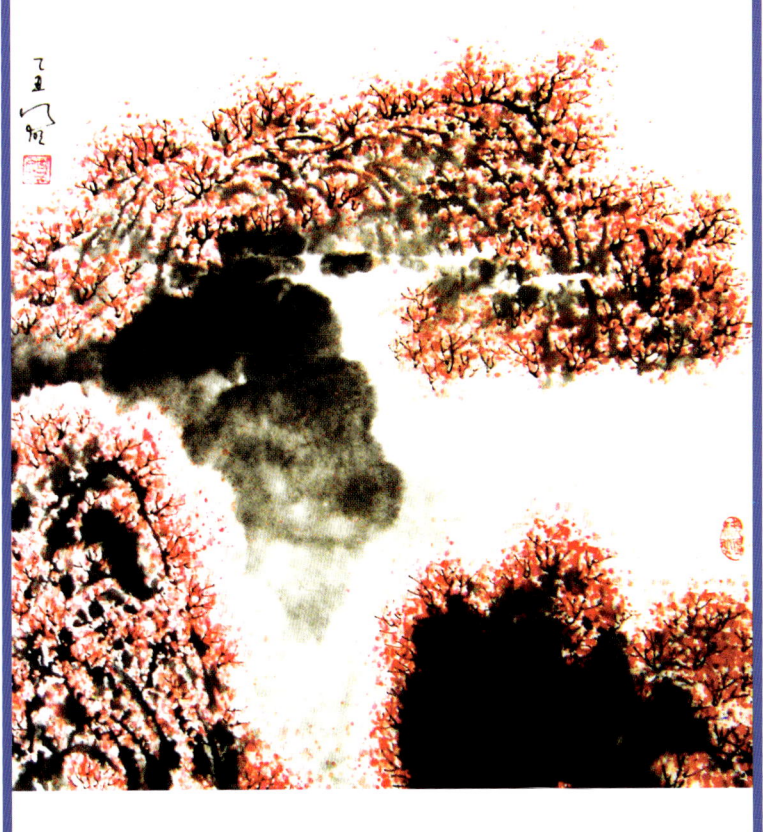

夏 夜

微风抚柳枝摇曳,
闻听窗外蝉奏鸣。
静听心声思已乱,
遥望疏影不由衷。

说明:夏夜,我因为失眠而久久不能入睡,一时间心烦气躁又千头万绪。走到窗前,我静默地看着月亮映照着柳树依稀的影子,柳条在月光下轻轻悠荡。失眠也是一种痛苦,迫不得已,我在无奈中边听着窗外的蝉鸣声边欣赏夜景,因为实在是没有困意!

配图:得明居士(中国国际书画艺术研究会会员)

仲 夏

一丝愁雨诗楼台，
烟云袅袅惹风来。
伊人亭边嗔旧事，
燕儿戏柳花又开。

说明： 细雨过后烟雾蒙蒙，总是给人以仙境的感觉。随着轻轻的微风，随处都弥漫着雨后的清新，经过雨水的滋润，花儿也争相开放。一位女子独自坐在凉亭里，满是痴怨地沉浸在思绪中，而一旁的几只燕子却欢快地追逐、嬉戏在柳树间。

配图： 得明居士（中国国际书画艺术研究会会员）

夜未央

青灯月下正欲休,
春深已是花香透。
红尘焉知相思尽,
唯有箫声寄乡愁。

说明： 用青灯暗喻自己某一阶段的生活并不为过。那时候，为了调整心态和思想，我全素食长达一年多。与世无争，几近遁入空门，断去很多欲念，用恬淡的性格来挣脱世俗烦恼对我的无形捆绑。尽管如此，深夜里，红尘中，些许思绪仍然缠绕着我，我依旧放不下几许无尽的相思和淡淡的乡愁……
配图： 得明居士（中国国际书画艺术研究会会员）

倦

纵有清风抚困意,
谁知梦里留睡人。
奈何伏月深闺倦,
红香翠里不啼痕。

说明：夏日的一天晌午，虽然碧空万里，花香四溢，而我却困得一塌糊涂，以至于睡着了！俗话说春困秋乏夏打盹，奈何熟睡后的美好梦境总是挽留我，不愿意让我醒来。并非是我贪睡，这样炎热的天气，就连红花绿草之间也不见了蜂舞蝶飞，更听不到鸟儿的叫声，或许它们也困得去午睡了吧！
配图：许兰第（中国书法家协会会员、张裕钊书法流派联谊会副会长）

精氣神

把雨欢

风和云如烟,
水清鱼趣莲。
晦明六月天,
时时把雨欢。

说明:六月天,孩子脸,天气阴晴不定,诡异到无法预测!虽然眼前风轻云淡,鱼儿尽情在水中戏耍,然而随时都会下起雨来,这也是六月天最大的特点!
配图:李章升(北京市通州区书法家协会会员)

送 夏

信步清阴一树花，
怜香顾影忆韶华。
弹指旧梦乘风去，
心醉瑞霭送霓霞。

说明： 独步在一条满是清阴的小路上，看到枝头的花儿开始褪色，顿感年华易逝。回想起少年时怀揣的梦想，早已化为泡影，而人生正如同季节，只有送走夏天才能迎来秋收。世事变迁，人生无常，我很愿意像欣赏夏末美丽的晚霞一样，以成熟淡然的心态，欣然接受生活所赐予我的一切！
配图： 得明居士（中国国际书画艺术研究会会员）

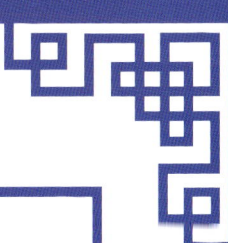

逍遥颂

庭前卧榻一梦解千愁，
聆听幽歌一曲人终散。
昔时今日一生无何求，
天地之间一人渡江洲。

说明：很多人惧怕孤独，而真正的孤独是一种沉淀，是一种境界，是心境的回光返照。人生本就是动静相结合，白天在太阳下动，夜晚在月亮下静。每个人都有孤独感，孤独并不可怕，如果能把孤独当成一种习惯去享受，你会发现，在孤独中不但可以自省，还能够让人远离浮躁！

配图：得明居士（中国国际书画艺术研究会会员）

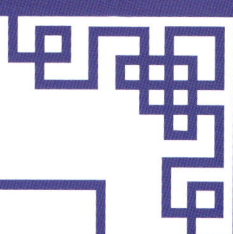

夜

银月梳柳花暗影,

朱颜无色点唇红。

明眸凝望江南岸,

碧水玉镜映楼亭。

说明: 这是我根据一幅图片写的诗,夏夜银色的月亮把淡淡的光辉洒在花柳之间。小窗下的伊人正在为自己上妆,她若有所思地望着窗外,像是期盼着心上人的到来。平静的水面倒映着岸上寂寞的亭台楼阁,好像亭台楼阁也能明白伊人的心情,静静地与之相辉映。

配图: 得明居士(中国国际书画艺术研究会会员)

立 秋

云送千里雁成行,
枯枝落寞脱霓裳。
若非春花已香尽,
何来秋风染叶黄。

说明：大雁成行南飞的时候，白云也依依不舍地千里送行。秋天来了，枯枝只好落寞地脱下往昔华丽的霓裳。如果不是春天的花儿已经香尽，叶子也褪去绿色，怎么会轮到秋风吹来，把叶子都染黄了呢？

配图：得明居士（中国国际书画艺术研究会会员）

流年

春光明艳花千里,
夏借梧桐就清阴。
秋雨一滴润枯痕,
冬予红梅雪为肌。

说明：我在四季和情感方面的诗最多，总是在有意无意间根据天气、风景以及情绪的变化就地发挥。之前很喜欢写诗歌，而且随想随写，渐渐地我更喜欢写七言和五言，也正是写到快一百首的时候，才有了出版诗集的想法。

配图：杨向阳（国务院突出贡献专家，毛泽东诗词碑林首席顾问，炎帝陵总顾问，湖南科技大学艺术学院创始人，中国书协创始人之一，著名书画家、哲学家、教育家）

崇梅竹風骨
出松柏精神

更 替

满树叶红弄疏影,
默默含笑香入泥。
一悠秋云渐归去,
江山万里披寒衣。

说明:看到秋天的红叶摇摆在明媚的阳光里,时而被微风吹落到地面逐渐化为泥土的场景,忽然就写下这几句话。前三句一气呵成,最后一句经过反复修改,至今仍然不满意!
配图:刘学思(中国书法研究院副院长、中国美术家协会会员、中国书法家协会会员)

景山游

遥现点点红,

一岸晴翠柳。

波光载几舟,

闻听雀歌喉。

说明:2014年国庆节,我陪母亲到景山公园赏花。那天碧空万里,桥的两边挂着喜迎国庆节的红灯笼,远远望去红红点点。沿岸的柳树在阳光的映照下显得无比翠绿,水面波光粼粼,宛如金子般闪着耀眼的光芒,时而有小船漂过。鸟儿或在花草间,或在水面上不时地嬉戏欢叫,我一时兴起写下这几句话纪念国庆。

配图:得明居士(中国国际书画艺术研究会会员)

白 露

寒池白莲花渐消,
秋风残叶任飘摇。
唯有红游摆魅影,
忽见水中月上桥。

说明：深秋的寒池里，一片片衰败的莲花让人怜惜，片片残叶任凭秋风肆意地摆布和摇晃。唯一的生机就是水中偶尔出现红鱼游动的影子，优哉游哉地摆动着它那妩媚的尾巴。不经意间我发现，在小桥的倒影上竟然映着一轮唯美的水中月。
配图：得明居士（中国国际书画艺术研究会会员）

大寒

枯柳寒烟月晦明，
忽有彤云借清风。
庭中静寂雀无影，
飞来雪花遍京城。

说明：冬天的景色最美不过飘雪，雪花飞来之前，天空一定是阴沉的。鸟儿们总能预知天气，在雪花纷飞的时候逃之夭夭。节气到了大寒，除了冷还是冷，彤云借着清风为京城送来浪漫的雪花，这是冬天里最美好的礼物吧！

配图：得明居士（中国国际书画艺术研究会会员）

大雪

玉树琼枝望江南,
万里飞雪绣江山。
天工几笔墨斑斓,
如是仙境驾云端。

说明: 天工为万里江山披上纯洁的白色,这是大自然送给人们最唯美的礼物。皑皑的白雪就像勾勒水墨画一样,不时地勾勒出些许墨色一样的树枝、屋檐、河川……身在其中,宛如在仙境之中驾着云彩一样!

配图: 得明居士(中国国际书画艺术研究会会员)

冬

小院梅枝映日红,
凝望春水已成冻。
亭阁楼下又寒风,
惹来飞雪点枯藤。

说明：小院的梅花映着太阳，绽放着属于它的红色。凝望昔日的潺潺春水，如今已经结冰。寒风吹来雪花，即使在枯萎的世界里，雪花依然执着地用每一片洁白的冰凌，去精心绘制和点缀冬季里根本无人理会的枯枝，为这个没有生机的冬季带来无限唯美！

配图：得明居士（中国国际书画艺术研究会会员）

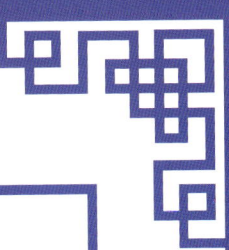

残 冬

白茫茫红衰翠减,
青空上薄纱如帘。
云霄处不闻飞雁,
斜阳后枯柳知眠。

残雪下溪睡花蔫,
楼阁间红梅斗艳。
轻风舞吹去尘缘,
回眸时一岁流年。

说明:冬季是毫无生机的季节,除了冷一无所有。但如果不经过冬季的休眠和酝酿,又何来春的复苏呢?在诗词里,很多人都赞颂春天,正是因为冬季是万物枯萎的季节,描写冬天的诗词才少之又少,所以我把这首诗命名为《残冬》。
配图:得明居士(中国国际书画艺术研究会会员)

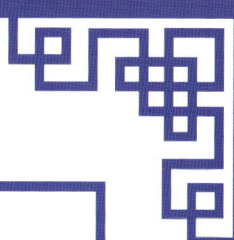

夜之痛

卧赏银河独逝水，
但凭流云过九天。
众生如尘终是苦，
落幕之后是长眠。

说明：2015年中秋节的晚上我睡意全无，仰望天上闪烁的繁星和飞逝的流云，感叹岁月如梭，生命短暂。芸芸众生犹如尘埃，纵然苦苦忙碌一生，到最后也难以逃脱离开人世而长睡不醒的结局！

配图：得明居士（中国国际书画艺术研究会会员）

相思门

苦断肝肠任憔悴,
青丝已成万缕霜。
梧桐树下花娇艳,
红袖胭脂恨夜长。

说明:"十年生死两茫茫。不思量,自难忘。千里孤坟,无处话凄凉。"情越深心越痛,这首诗,每每读起来都让人感到非常沉重。诗里所表达的思念与悼念之情,几乎令人压抑到快要窒息!我也特地写下《相思门》以表达有情人之间不能相聚,只能在漆黑的夜色中,饱尝遥遥无期的相思之苦!
配图:得明居士(中国国际书画艺术研究会会员)

心语

一缕相思乘万里，

鸿雁归去踪无迹。

秋来繁花落雨处，

蟾宫月下叹星移。

说明：一岁年华岁岁秋，相思无尽人更愁。思念是没有距离的，仰望蓝天，默默地把心语写在白云上，让它承载着我的心愿飘远。无论思念的人身在何处，哪怕远在天涯海角，都能借助悠悠的白云，不远万里送去我的每一丝牵挂。

配图：得明居士（中国国际书画艺术研究会会员）

别 离

春归一别聚无期,
何须追梦苦相惜。
落叶飘送秋风尽,
万物空悲化作泥。

说明: 世事无常,红尘人来人往。习惯了,也看淡了在生命中不断出现和消失的人。所谓利尽人散,有些人在得到利益之后,自然就会离开。所以,缘来不拒,境去不留,没必要对很多人和很多事依依不舍或纠缠不休。世间的一切到最后都会化为乌有,又何必在意一次无情无义的诀别呢?
配图: 得明居士(中国国际书画艺术研究会会员)

红尘愿

一时落寞几度欢,
忽而疏雨又晴天。
闲云过眼寄思语,
红尘尽处寻凤鸾。

说明：《红尘愿》是我表达自己情感的一首诗，这首诗恰到好处地描写了我多变的情绪，时而开心，时而落寞。人的情绪往往也像天气一样阴晴不定。当一片片白云从眼前飘过的时候，我把自己的心愿寄语给了白云，希望白云能够明白我在红尘之中苦苦寻找真爱的心情。

配图： 得明居士（中国国际书画艺术研究会会员）

日月辞

白月依空照千家,

寒天以故褪晚霞。

残阳那处起炊烟,

唯盼归来饮粗茶。

说明: 粗茶,粗茶淡饭,形容老百姓的柴米油盐生活。太阳和月亮经常在白天并存,白天的月亮是淡淡的。因此,经常是太阳还未下山,月亮却已升起,给人一种月亮照耀天空的假象。于是,我写下"白月依空照千家",以表达我急切地期盼月亮出来,家人能够早早归来一起吃晚餐的心情!

配图: 得明居士(中国国际书画艺术研究会会员)

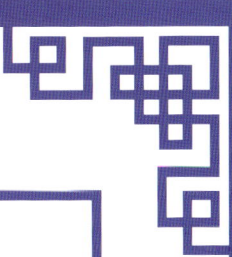

合卺酒

银河千里垂玉钩,
举杯尽饮金樽酒。
今夕与共君心在,
恋恋此情愿千秋。

说明: 这是一首描写新婚之夜的诗,合卺酒是古人的"交杯酒"。我用"银河千里垂玉钩"来形容新婚之夜的美景,用"金樽"表达新婚喜酒的重要性。"尽饮"是暗喻新人彼此无怨无悔、恩爱相守的一番决心。"愿千秋"则表达了两个人都盼望此情能够天长地久的美好愿望!

配图: 孟之媛 (我早期学习国画时的习作)

一梦惊鸿

春深白月夜无期,
一梦惊鸿游千里。
痴痴念念难成句,
愿以三生共一夕。

晨烟掠过秋枯树,
梦回缱绻与君离。
情肠未减霜中暖,
鸿雁远去心不移。

说明：从春天的无尽黑夜，思念到晚秋的清晨醒来。每每梦见与千里之外的心上人相聚时，都激动到语无伦次。甘愿用三生换作一夜恩爱，在梦中倾尽缠绵，直到醒来才与心上人分离。这份热烈的爱，哪怕在天意渐冷的寒霜中也没有丝毫减少，哪怕秋叶落尽鸿雁已远去，寸寸情肠也未曾改变！
配图：得明居士（中国国际书画艺术研究会会员）

干红人生

奈何往事已成风，
不羡弯月傲青空。
情丝万缕织成梦，
静享岁月似干红。

漫步年华拂旧去，
含语三笑不由衷。
今兮可是少年志，
青山秀水色不同。

说明：奈何物是人非，往事如风，写这首诗的时候一切都已不是年少时憧憬的样子！我从不羡慕月亮高挂在天空中的那种孤傲，也早已用万缕情丝编织了属于自己的梦。人在旅途，笑看浮华，悠悠岁月就像一杯干红，涩中带苦，甜中带涩。梦想也好，现实也罢，总归是各有风景，各有得失……

配图：杨向阳（国务院突出贡献专家，毛泽东诗词碑林首席顾问，炎帝陵总顾问，湖南科技大学艺术学院创始人）

栽竹安乡抑新风
尾栖松岩作
登龙鳞

金 兰

落花不言尽,
回眸笑如焉。
人生须解意,
何求忘情水。

但愿今朝醉,
对月饮长思。
知遇金秋季,
同是道中人。

说明：2013年的金秋之际，我偶遇一位很投缘的朋友，一番交谈之后，颇有相见恨晚的感觉。于是，我便写下这首诗，特此形容人生难得一知己！
配图：得明居士（中国国际书画艺术研究会会员）

盼香归

芙蓉君子盼香归，
执手与共赏蝶飞。
阅尽千山观春梅，
鹤发同心两相偎。

说明：这首爱情诗，描写了相爱的两个人都盼望喜结连理、恩爱与共的美好愿望。我用"阅尽千山"形容俩人的长长久久，用"观春梅"来美化岁月的沧桑和四季的轮回。直到白发苍苍还依然能够同心同德，非常爱慕地相依偎在一起！
配图：得明居士（中国国际书画艺术研究会会员）

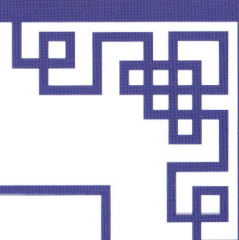

美人醉

杯中酒红映明月，

清凉晚风送流云。

昔日幻影皆已散，

寻寻觅觅惜今朝。

阳春柳绿醉有梦，

夜伴伊人又一香。

独饮帐纱秋意里，

双瞳剪水神似迷。

说明： 记得在一个深秋的夜晚，沐浴后，我独自端着高脚杯，自斟自饮。一阵阵芳香静静地在房间里弥漫，凝视着酒杯里晃动的月影我不由得回忆起往事，一件件、一桩桩，虽历历在目却已一切都化为泡影！人生如梦偏有梦，随着面色绯红，我开始憧憬美好的未来……

配图： 孟之媛 （我早期学习国画时的习作）

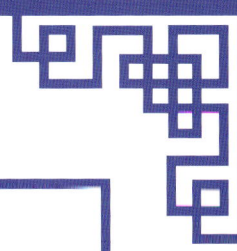

闲 居

日下彩云恋玉楼，
碧柳传风寄轻柔。
清阴独处花香在，
闲居一隅已无求。

说明：夕阳西下，美丽的晚霞依旧眷恋着我的住处，久久不愿离去。翠绿的柳条在光束中轻轻摇摆，不停地向人们传递着风儿的轻柔。花香四溢，即便是身在树荫下也依然芳香扑鼻。此刻的我优哉游哉，在无欲无求中静享美好时光。
配图：得明居士（中国国际书画艺术研究会会员）

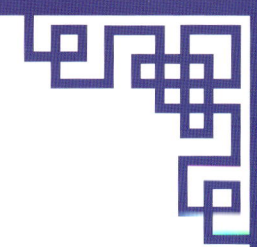

忆红颜

鸣雀只读碧云天,
孤赏清风吹水莲。
踏叶再度逍遥去,
秋色不及昔日颜。

说明:蓝天下,白云悠悠,鸟儿欢叫。池塘里,莲花摇摆在轻风之中。这般美景,如果能与一位美丽的少女交相辉映,该是多么美的画面!我虽沉醉其中,却很想踏起莲叶逍遥地离去。景色虽美,但我已红颜不在,红颜不在不如逍遥自在!

配图:高光耀(北京毛泽东思想学术研究会书画院院士、中国书画家协会会员)

世上人稠君子稀

高克铎书于京华

三生缘

跪求三生情缘,

换卿绝世爱恋。

旭日东升与共,

夕阳穷处并肩。

说明: 很随意写的诗,也能体现我对爱情很认真的态度。"跪求"是对爱情的至诚,用"三生情缘"换得心上人的绝世爱恋是一种决心。"旭日东升"到"夕阳穷处"是形容两个人恩爱在一朝一夕,永远不离不弃,携手走完一生。

配图: 刘寅(中国美术家协会河南分会会员、河南省人大书画院理事、河南省书画专业委员会常务理事)

乡忆

皓月当空闲静时，

玉身已为他乡客。

昔日红颜多苦笑，

随缘红叶落紫秋。

说明： 皓月当空，又是一个宁静的夜晚，此刻的我已身在他乡很多年。少年时代，我就懂得用微笑去面对生活中的各种困难，尽管那种微笑并不代表幸福。现在，我仍然愿意一切随缘、随遇而安。就像春天的绿叶，自然而然地在时间的流逝中变成秋天的红叶，终结在美丽缤纷的秋季！

配图： 得明居士（中国国际书画艺术研究会会员）

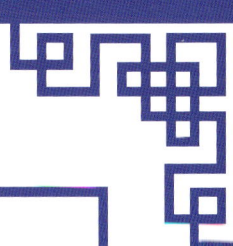

闲看斜阳

谁懂我一世沧桑,
谁怜我红尘愁肠。
谁送我乘风破浪,
谁为我拈枝花香。

卿可知天地尽处,
何不是生死茫茫。
望天涯游鸟归巢,
愿闲看落幕斜阳。

说明:这首诗除了表达情感之外,更多了一层对人情世故的发问和无奈。"愿闲看落幕斜阳"是以一种淡泊的心态,顺其自然地接受和默认生活现状,颇有一种"行到水穷处,坐看云起时"的意境,更体现了在逆境中有着难得的豁达!
配图:得明居士(中国国际书画艺术研究会会员)

千杯浓

金樽千杯饮,

莞尔笑离空。

佳肴不知处,

缘尽酒更浓。

说明：本诗用"千杯饮"来形容人与人的感情深厚，其意义恰如"酒逢知己千杯少"，酒宴散尽后转眼人去楼空，残羹腐臭，酒桌上的美味佳肴和音容笑貌也都化为乌有。正所谓，人来人往，缘来缘去，莞尔一笑，不过如此。人与人缘分如此短暂，轻易就散了，而美酒却会随着时间愈来愈醇，也愈来愈浓！

配图：得明居士（中国国际书画艺术研究会会员）

蜕 变

漠然红粉已香逝，

含泪恨雨乱迷飞。

落花几时将凋尽，

早已玉叶傲春晖。

说明：桃花开尽的时候，总要面对春雨的蹂躏和无情打击，在悲惨中凋谢之后才吐出新绿。人生的很多际遇，恰如桃花凋落。悠悠岁月，时运轮回，花儿凋尽不必悲伤，绿叶得意不必张狂。"关闭一扇门，打开一扇窗。"蜕变往往就是升华，如果能"柳暗花明又一村"又何乐而不为？

配图：得明居士（中国国际书画艺术研究会会员）

小醉一首

醉花醉酒醉明月,
笑你笑我笑红尘。
此情不醉空杯意,
红颜莫怪无痴人。

说明: 纵然酒醉到一塌糊涂,狂笑一切,也依旧真情不舍。恰恰是因为忍不住无限的爱恋和思念,才喝空了杯子,也只有空杯才能表达此情至深。因此,喝下去的并不是酒,而是一往情深。所以,千万不要再嗔怪这个世界上没有痴情的人!

配图: 得明居士(中国国际书画艺术研究会会员)

醉 美

清风靓影唯， 不醉不愿归。
彩云尽头赏， 鸿雁成行飞。
一抹阳光独， 翱翔青空处。
深情之花留， 何处不最美。

说明：感觉很唯美的一首诗，句子写好以后，不知如何起名。在整理这本诗集的时候，我很随性地命名为《醉美》。很多时候我都是先写好了句子，一段时间之后再起名字。
配图：得明居士（中国国际书画艺术研究会会员）

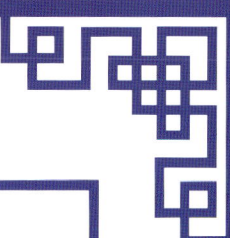

谁是谁的谁

春风吹了谁,青丝万缕。

桃花醉了谁,羞涩绯红。

尘缘遇了谁,白头相守。

皓月圆了谁,情意深重。

伊人伴了谁,千山万水。

谁亦共了谁,相濡以沫。

说明:无论是出双入对还是形单影只,人生不到谢幕,谁也不知道谁能与谁相濡以沫、相伴到老。相恋中的人,经常会对一段感情产生取舍心理,也恰恰是因为存在这样的不确定性,才不愿意付出真心和行动,因而更容易导致双方分手!

配图:张仕同

清明节

又逢清明柳色新，
翩翩身影化为尘。
唯有追忆几多苦，
一束菊花祭香魂。

说明：用四句话描写清明节，以及人们对故人的追忆和缅怀之苦。我特地用"翩翩身影"暗喻逝者在生前的正面形象。"菊花"体现了清明节的祭祀特点，而"香魂"则是对逝者含有一种祈福的心理。

配图：得明居士（中国国际书画艺术研究会会员）

清明听雨

弱柳扶风悲丝雨,

愁云哭卷更凄凄。

今人多情红泪眼,

苍穹呜咽为魂啼。

说明:这首诗,主要是用哭泣表达祭奠的悲伤。柳也悲,云也愁,今人红泪眼,苍穹在呜咽。诗句以夸张和拟人的手法,刻画了清明节为了缅怀故人,细弱的柳树哀伤到已经不能站立,只能扶着风儿摇曳在雨中,就连绵绵的细雨都像是苍穹呜咽哭泣的眼泪。

配图:得明居士(中国国际书画艺术研究会会员)

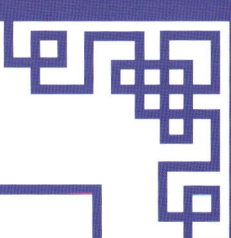

清 明

鬓丝禅榻锁暮年,

香断凡尘去如烟。

独倚朱栊空缱绻,

故里飞花葬金莲。

说明:姥爷去世早,所以三寸金莲的姥姥时常倚靠在窗前思念姥爷。每年的春、夏、秋三季,母亲都会把姥姥接到家中照顾,天冷之前再把她送回去。记忆里,姥姥朴实善良又非常节俭。晚年的姥姥很孤寂,直到最后像一缕青烟般消逝在故乡那漫天飞花的白色纸钱里……

配图:得明居士(中国国际书画艺术研究会会员)

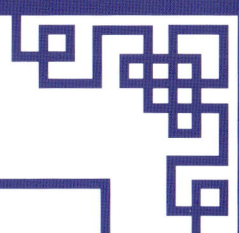

端午七言

端阳艾叶懂芬芳,
小娃带笑佩香囊。
上红三鞠龙头祭,
千古竞渡汨罗江。

说明:"上红"是一种祭奠仪式。这首诗更偏重于体现传统节日的韵味和民俗特点。在写这首诗的时候,我最先想到的是艾叶,随即脑海里呈现出小孩在端午节戴着香囊到处玩耍的场景。于是,我便写下"小娃带笑佩香囊"。
配图:得明居士(中国国际书画艺术研究会会员)

端午节

芳姿彩线又轻缠,
难得艾草寄屋檐。
不见谁家忙端午,
处处粽叶送香甜。

说明: 这首诗给人以轻松愉快的感觉,用"芳姿"形容女孩的含苞待放,"彩线"则是端午节的特色。记忆中,每逢端午,家乡的女孩子都会很开心地系上五彩线,家家户户都会在屋檐下插上艾草。节日里,几乎看不到忙碌的景象,却随处都能闻到粽子香味儿。
配图: 得明居士(中国国际书画艺术研究会会员)

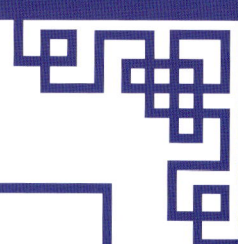

端 午

沧江有屈魂,

逝水不留痕。

端阳论千古,

不朽爱国身。

说明： "屈魂"是指屈原。虽然逝去的滔滔江水没能留下昔日的任何痕迹，却留下了永垂不朽的爱国精神！所以，多少年来每逢端午节屈原都会被后人追忆、祭奠和缅怀。

配图： 得明居士（中国国际书画艺术研究会会员）

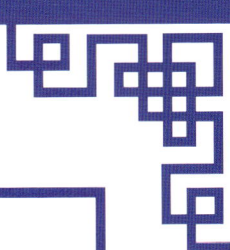

中秋节

兔跳白玉盘,
侬盼阖家欢。
天宫遂人意,
凭风将月圆。

说明： 中秋佳节，连月亮上的玉兔都开心地欢跳。正因为远在他乡的人儿，无不期盼着能与家人团圆欢聚，天宫为了满足人们的心愿，心领神会地借着秋风送上圆圆的月亮。
配图： 得明居士（中国国际书画艺术研究会会员）

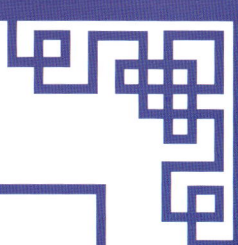

重阳节

九月见九喜重九,
久念居人童与叟。
不知故园菊花色,
但饮杯中菊花酒。

说明: 每逢九九重阳,漂泊在异地他乡的人们都倍加思念家乡的老人和孩子。远在千里之外,因为无法回到家乡陪伴父母和孩子,更看不到家乡的菊花,人们就只能痛饮杯中的菊花酒,以宣泄情感!

配图: 王钏(中华人民共和国文化部华夏文化遗产保护中心、中国民族文化书画院院长)

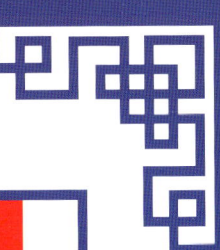

两相浓

秋风夜色秋月明,
醉借清风寄思情。
绿柳焉知红豆意,
唯盼厮守两相浓。

说明: 秋天的夜色里,凭借秋风寄去对心上人的相思之情。眼前的绿柳不知红豆意,正如同春风不解风情。爱恋一个人的时候,唯一盼望的就是两厢厮守,你侬我侬。
配图: 孟之媛(我最早学习国画时的习作)

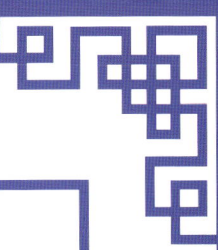

佛 塔

深山藏古寺，
笑佛卧峰台。
朝夕虔诚拜，
诸恶化尘埃。

寒霜雨花残，
千年诵善哉。
万物皆为空，
一念现如来。

说明：特别喜欢六祖惠能写的这首诗："菩提本无树，明镜亦非台。本来无一物，何处惹尘埃。"因为敬仰，所以崇拜。于是，我按照六祖惠能大师这首诗的感觉和意境，自己也创作出这首关于佛教的诗。"一念现如来"颇有一种放下屠刀立地成佛的意思。

配图：得明居士（中国国际书画艺术研究会会员）

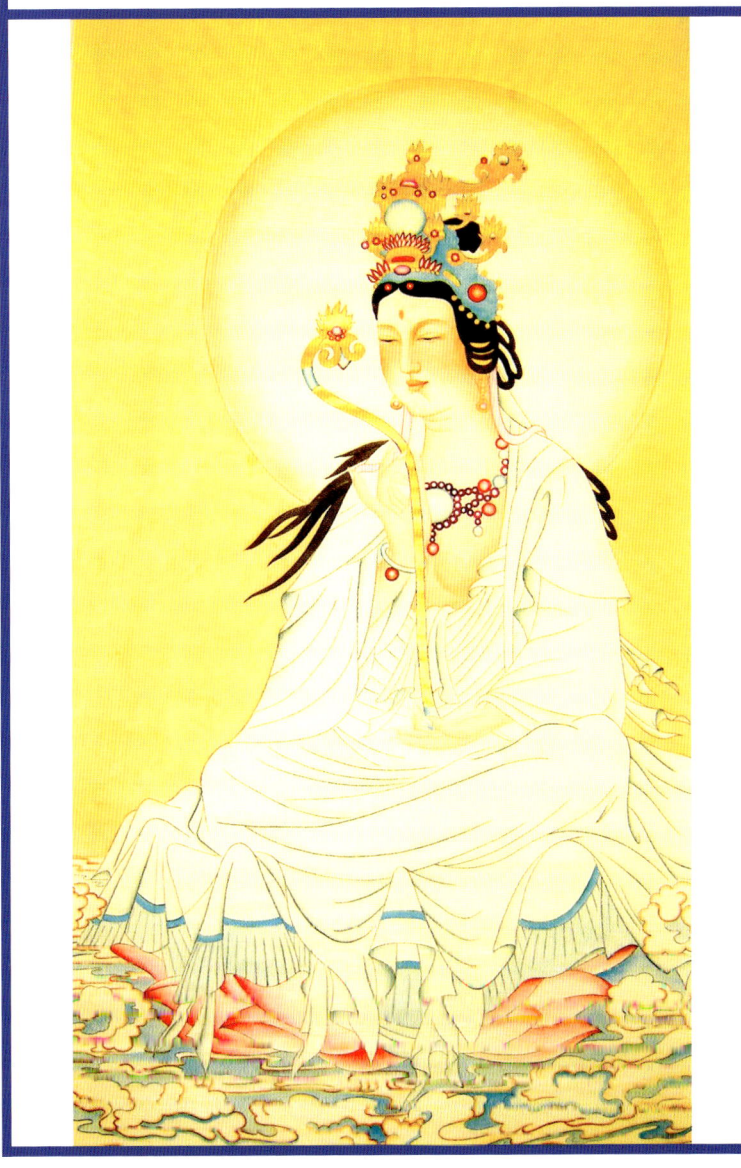

中国龙

普照五湖水，
夜阑千户灯。
江山如画意，
万里卧长城。

气吞山河势，
旭日东方红。
今朝紫气来，
华夏看龙腾。

说明：这首诗在歌颂祖国的同时，也传递了美好的中国梦。"气吞山河势，旭日东方红"是形容毛主席的丰功伟绩。"今朝紫气来，华夏看龙腾"则是暗喻习主席继往开来。而前四句是形容两位伟人对于黎民百姓的恩惠，以及国泰民安的美好景象！

配图：得明居士（中国国际书画艺术研究会会员）

还 乡

把酒千杯酒穿肠，

宫外逍遥无宫墙。

但看闲云送秋雁，

南飞最是还故乡。

说明：古代官员在告老还乡的时候，总是看透红尘般恬淡和悠然。我用"千杯"形容他们还乡之后的逍遥和无所顾忌，以"但看闲云送秋雁"来刻画远离宫廷政治斗争后的悠闲自在。大雁南飞并非是离去，恰如叶落归根是一种回归而已！
配图：得明居士（中国国际书画艺术研究会会员）

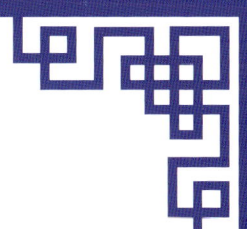

惜 粮

春为秧苗汗成行,
秋收粒粒满口香。
素锦流年食不尽,
还看谁人农耕忙。

说明：这首诗体现了劳动美，也体现了粮食的可贵！每每想起"谁知盘中餐，粒粒皆辛苦"的诗句，我便佩服古人的惜粮意识。于是，我也写了一首《惜粮》，希望每个人都能热爱劳动、珍惜劳动成果、珍惜粮食，千万不要浪费！
配图：得明居士（中国国际书画艺术研究会会员）

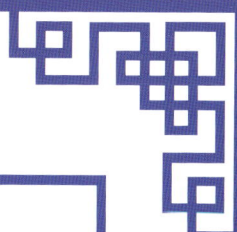

黄金国

千古英雄洒热血,
历朝臣子爱国心。
古今承载众生愿,
一寸江山万两金。

说明:我用"一寸江山万两金"来形容领土的宝贵!从古至今,无数的英雄豪杰、黎民百姓为了捍卫这片土地,抛头颅洒热血,甚至家破人亡,以牺牲自己的生命来抵御异国的血腥侵略。因此,我们脚下的每一寸土地,都承载着千百年来无数众生的心血与心愿!

配图:得明居士(中国国际书画艺术研究会会员)

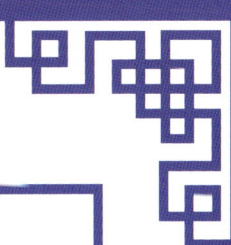

长江吟

一轮素月饮江水，
两岸峦山叠碧翠。
夜阑星下东流去，
风轻云淡纵古今。

说明：《红楼梦》里，林黛玉《咏白海棠》的其中一句"碾冰为土玉为盆"是通过"冰做土"和"玉为盆"来形容海棠花的高贵。同理，我没有直接描写长江如何如何，而是以"风轻"和"云淡"作为背景衬托，暗喻长江那种宁静、恬淡、与世无争。也正是因为长江的宠辱不惊和从容淡定，才得以悠然地纵古至今。

配图：得明居士（中国国际书画艺术研究会会员）

读 书

临窗独坐浴书香,
一米柔光倚影长。
篇篇字字入心境,
手不释卷卷如粮。

说明: 在首都图书馆,选了几本诗集临窗坐下,窗外温和的阳光照在我身上,斜长的影子映在地上就像一尊雕塑。图书馆内非常安静,每个人都在认真阅读。不知不觉中到了午饭时间,可几乎所有的读者都没有去吃饭的意思,好像读书就是吃饭!于是,我一时兴起写下这首诗。

配图: 张仕同

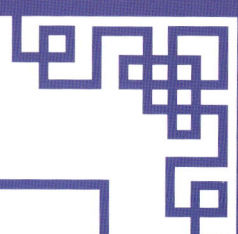

幻

蜻蜓点水亦非真,
一叶轻舟过无痕。
金波才映骄阳好,
岂料长空纵乌云。

说明: 有些人的出现,只是为了让你的生命中多几段笑谈。有些事的发生,也只是蜻蜓点水般的假象。世事难料,就像夏天的晴空,在猝不及防的时候就突然下起雨来。因此,没有什么是长久的,世间的一切都变幻莫测,令人捉摸不定。
配图: 得明居士(中国国际书画艺术研究会会员)

如 幻

雾里观花不盛开，
寒露滴叶不是雨。
水中望月皆为幻，
乌云不雨亦非真。

说明：我颇为感慨地写下这首诗。现代社会，很多人通常都是嘴上说得天花乱坠，一点实事不做，总想用小聪明去忽悠别人。当然，等到虚伪的面具被扯下的时候，彼此都很尴尬！所谓人心难测，知己难求。放眼望去，围在我们身边的朋友，又有几个是真正交心的呢？

配图：得明居士（中国国际书画艺术研究会会员）

渔家

暮霭山外山,
点点是归帆。
红落天低处,
将作白玉盘。

说明:中国人的一天,日出而作,日落而息。在太阳快要下山即将换作白月的时候,渔民结束一天的捕捞,在傍晚的斜阳下划着小船,带着疲惫满载而归。

配图:得明居士(中国国际书画艺术研究会会员)

一字缘

一念一轮回
一笑一了结
一命一尘埃
一耕一因果
一曲一终散
一聚一茶凉
一叶一知秋
一世一情缘
一夜一心语
一眸一苍凉

说明：我非圣贤，更不是诗人，但即使作为一个普通人，也会有自己的感悟和想法。把我所理解的一切，用文字表达并记录下来，是一种最单纯的情感抒发。
配图：得明居士（中国国际书画艺术研究会会员）

跃龙门

天色蒙蒙雨色新,
小荷乘兴浴红尘。
点点雨珠敲水晕,
鲤鱼一惊跃龙门。

说明:每逢下雨的时候,小荷就会借着细雨洗尽尘土。因为下雨时雨滴的不断敲打,受惊的红鲤鱼慌张地游来游去,偶尔还会跳出水面,那样子很像是在跃龙门。
配图:得明居士(中国国际书画艺术研究会会员)

君子之交

无意邀杯讨纷扰，
尽眼皆是残羹局。
酒宴散去君犹在，
淡若清水鉴真情。

说明：很多人都不喜欢在酒桌上应酬，那一次次带着谄笑的举杯邀杯，那场面让人唯恐避之不及。酒宴散后，残羹剩饭，人去楼空，一切都化为乌有。举起酒杯喝到面红耳赤，放下酒杯便各奔东西。所谓"君子之交淡如水"，只有远离酒肉之交，才能明辨谁是真正的朋友！

配图：得明居士（中国国际书画艺术研究会会员）

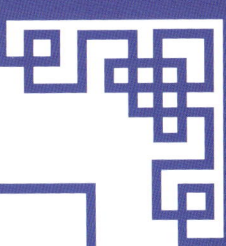

朝 日

闭月隐退云深处,

群星闪耀映千里。

日出东方弄朝霞,

芸芸众生又一天。

说明：这首诗是我在2013年即兴而写的日出场景，因为来了灵感，四句话都是一气呵成，后期没有做过任何的修改，并在出版前命名为《朝日》。

配图：得明居士（中国国际书画艺术研究会会员）

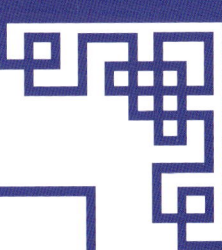

度 脱

杨柳青枝絮飞扬,

故人何处问断肠。

饮苦食毒待脱故,

彼生不恋恋他方。

说明：人的一生，正如同飘萧的柳絮一样漫无目的，找不到归宿，这首诗与佛教有关，那些已经故去的人也总是来不及洞悉人生的真谛。当然，也不会再有机会明白。但无论是什么原因离开这个世界，都是必然的结局！"饮苦食毒"一词引用于《无量寿经》。

配图：得明居士（中国国际书画艺术研究会会员）

图书在版编目（CIP）数据

孟之媛诗集 / 孟之媛著.--北京：华夏出版社，2016.9
ISBN 978-7-5080-8916-4

Ⅰ.①孟… Ⅱ.①孟… Ⅲ.①诗集—中国—当代Ⅳ.①I227

中国版本图书馆CIP数据核字(2016)第181881号

版权所有，翻印必究

孟之媛诗集

作　　者	孟之媛
责任编辑	王占刚

出版发行	华夏出版社
经　　销	新华书店
印　　刷	北京汇林印务有限公司
装　　订	北京汇林印务有限公司
版　　次	2016年9月北京第1版　2016年9月北京第1次印刷
开　　本	880×1230　1/32开
印　　张	7.25
字　　数	60千字
定　　价	49.00元

华夏出版社　网址:www.hxph.com.cn 地址：北京市东直门外香河园北里4号 邮编：100028
若发现本版图书有印装质量问题，请与我社营销中心联系调换。电话：（010）64663331（转）